최 항 순

백년 자작나무숲에 살자

백년 자작나무숲에 살자

최 창 균 시 집

창비

차 례

제1부

제1부

주머니 햇빛

나를 담아다오
주머니 가득 넘치도록 담아다오
이만하면 되었지는 말고
갈 데까지 가보자구 하면서
포만감으로만 나를 채워다오
죽기 아니면 살기로
굶주림이니 가난이니 하는
작은 주머니의 입으로
나를 물고 빨아다오
그래야 나를 담아내고 나를 넘어서지
그래야 만고의 기아는
나 햇빛의 유물이 아니었다고
배부른 몸으로 나를 쓸어내리지
주렁주렁 나를 매달아 터뜨리지

꽃이니 나무니 과일이니
풀이니 하는 주머니 톡톡 털었다

이 겨울 저 배고픈 씨앗을 위해
여기 나 주머니 햇빛으로 왔다

그 집

숲으로 곧장 가면 그 집에 닿는다
닿을 때마다 집은 한 발짝씩 숲속으로 옮겨갔다
그 집은 아주 오랫동안 숲의 나이를 먹고 늙어갔다
참새들이 깃들어 별을 듣는 집,
대문은 서쪽으로 길을 내었다
오래 전 그 길로 한 사람이 빠져나갔다
숲속으로 집은 구부정하게 더욱 깊어졌다
솔바람이 향긋 지붕을 타고 내려오는 집,
먼지로 아늑하게 뭉쳐지는 집, 거기
또 한 사람 대문에 기대서서 숲을 본다
홀로 늙어가는 어머니의 집,
숲속으로 대문이 활짝 열려 있다

소리의 집

달빛이 문 창호지 긁어댈 때
나는 겨울이불 발로 걷어차버렸다
드러난 아랫배에서 꼬르륵
딱딱한 어둠이 소화되는 소리
누군가 이불 끌어다 덮어주는 소리
이따금씩 부리부리한 눈이 커지는 부엉이 소리
언 하늘 끼륵 끼르륵 얼음 깨는 떼 기러기 소리
집으로 들어오는 구멍마다 사납게 바람이 다투는 소리
천장에서 뚝 뚝 떨어져내리는 소리 들렸다
구들장이 무뚝뚝하게 식어지는 소리 뚝 뚝 들었다
그때마다 우리 여섯 식구의 숨소리
방안 가득 훈김 나는 밥처럼 똘똘 뭉쳐졌다
여기 나도 하듯 푸 후후 거친 숨소리 들려왔다
밤새도록 우리 여섯 식구 소리의 집
외양간에서 되새김질하다 무슨 희망처럼 푸 후후
대번에 그 숨소리의 식구가 생각났다
일제히 사방에서 새 소리가 환한 빛의 종을 쳐댔다

기도

나는 무릎 꿇지 않네

무릎 시려오고

무릎이 쑤셔오는

내 삶에게나 꿇으면 꿇지

나는 아무에게나 무릎 꿇지 않네

그러나 어찌하여,

오늘 나는 이 무릎을 데리고 나가

무릎이 해지도록 꿇고

또 함부로 꿇고는 있지

들에 나가

초록에게나

한없이

한없이

어느 겨울밤

자다 깬 어느 겨울밤이었다
얼어붙은 어둠을 뚝뚝 분지르며 밖에 나가
축사 앞 쇠똥 더미에다 오줌 누려 했더니
그 자리에서 김이 모락모락 피어나고 있질 않은가
볼일 보면서 생각해보니 혹시 누군가
나처럼 이곳을 방금 전에 다녀갔다는 것인데
순간 머리가 서고 귀가 확 열리더니
축사 안에서 무슨 기척이 들리는 것이었다
나는 두엄 더미에 늘 꽂혀 있는 쇠스랑 거머쥐고
시커멓게 소들이 매여 있는 축사 안을 주시하니
아니나다를까?
그 기척의 누군가가 어른거리는 것이 아니던가
그때까지도 어둠에 익숙해지지 않던 나는
쇠스랑 높이 치켜들고 슬금슬금 다가갔는데
갑자기 이놈아 여기 네 애비다 하는 소리
거기 칠흑의 어둠을 인광으로 밝히며
소에게 깔 짚 넣어주고 있는 아버지였다

산다는 것이 저리 자다 깨어서도
꿈지락거려야 하는 것인가를 생각하다 보니
어느새 나도 쇠스랑으로 두엄을 쳐내고 있는 것이었다

소 1
소의 하루

이렇게 산다

하루 1,440분 중

544분 할애해

한번도 허리 펴지 않고

풀을 뜯는다

저 집중력으로

280분 할애해

서서 70분

앉아서 210분

되새김질한다

저 만복감으로

460분 할애해

서서 135분

앉아서 325분

휴식을 취한다

저 자연으로

150분 할애해

자세의 구별 없이
똥오줌 싸대고 물도 마시고 놀기도 한다
어슬렁대기도 한다
힘겨루기와 장난도 친다
혓바닥으로 몸도 가꾼다
그리고 남아 있는 몇분을 네 다리로 밟고
다시 내일로 이동해 가는 것이다

소 2
인공수정

이제 그만 집어치웠으면 한다
왼손은 난소를 만져 발정을 확인하고
오른손에 들린 인공정액 스트로
그 알량하게 가느다란 주입기로 자궁을 까짝이다니
성질만 건드리는 그 짓거리에 신물이 난다
언제까지 몸을 허락하고 배를 빌려주어야 하나
왜, 우리가 암놈끼리 등 까져라 올라타고
뜨겁게 달아오르는 몸으로 울어대는지
속박은 언제나 우리들 몫이어야 한다는,
그 모순을 잘근 씹어 되새김질한다
몸이 그리운 거야 뜨거운 거시기가 그리운 거야
허리 휘도록 승가*도 받아주고
내 새끼 내가 낳고 내가 기르고 싶은 거야
푸른 풀밭 소떼 물결 가득
구름 풀어져 흐르는 개울에서 물배 두드리며 살고 싶
은 거야
그렇게 죽어도 죽고 싶은 거야 다만 그러고 싶은 거야

낳은 정 기른 정도 너희들 몫이고
잘 따르고 말썽 피우지 않아야 대견하다고,
그러다 시원찮으면 팔아치우는 이 기막힘
발정 오는 것이 새끼 드는 것이 살길이라니
거 누구 없소,
몸을 감싼 가죽처럼 답답한 인공수정
이제 그만 집어치웠으면 한다

* 소들이 교미할 때 수놈이 암놈의 등에 올라타는 행위.

어떤 농사법

누군가 저 묵밭을 포기했다고 생각지는 않겠지요
풀밭에 대한 나의 끝없는 애착은,
무성한 풀밭이 가져다주는 또다른 즐거움에 있다오
부추 반 풀 반, 풀 반 대파 반인 밭을 보고
게으른 농부라고 나무라지도 않겠지요
내가 그 풀밭에 시퍼런 낫을 들고 섰어요
마치 줄을 팽팽하게 띄워놓은 것처럼
일정하게 자란 풀들을 세차게 후려치자
툭 툭 낫에 걸려 번쩍이는 돌멩이 사금파리들
내 생애의 밑거름이었던 것들과의 입맞춤은 계속되었
지요
풀밭에서 어렵사리 찾아낸 마늘과 쪽파들
톡 쏘는 싱그러움으로 저리 실해져 있어요
그런데 풀을 다 베고 보니
밭고랑에 풀 더미가 푸욱 숨을 죽이고들 있네요
이제 보니 저것들이 모두 다 탐스럽게
내 푸성귀밭에 밑거름이네요
정말이지 알다가도 모를 농사법이지요

우묵자리 논

저 논배미에 단물을 잡아두었네
내 사랑하는 여자의 종아리 어루만지듯
논두렁 반질반질 메질해 가둔 물
맨땅이 살갑게 부드러워지는
쩍쩍 갈라진 삶도 물렁해지는,
그렇게 저 물도 낮게 가라앉아
논바닥을 거울처럼 비추네
물빛에 새까맣게 탄
가두어야 할 것 많았던 내가,
한 생을 매대기질쳐 저리 가둔 물
저 논배미에 마음도 가두었네
논두렁 노을을 밟고 물꼬 보다
마음 넘쳐나는 물꼬를 보다
알았네 논배미에 샛밥 나르던 여자
종아리가 검은 그 여자 새어나가지 않게
논두렁을 지금껏 어루만진 것이네

초록 당신

먼지 바람 부는 빈들
빈들빈들 놀리기야 하시겠습니까

침묵의 소리로 걸어오는 당신,
당신은 젖은 눈으로
그 길을 걸어오십니다
눈에 넣어도 아프지 않을
이 세상처럼 오십니다
저 많은 초록을 다 어디다 쓰시려고요

빈들에
모를 심고 계신 아버지,
꼭 당신이 그리 한 줄 압니다
초록으로 번지는 당신입니다

꽃이 필 동안

꽃이 필 동안의 나는
꽃이 필 동안 바라다보았어요
짐짓 서러운 잠으로 도망치지는 말아요
멀뚱히 바라보는 것만으로도 용서의 눈이 크게 떠지고
아픈 곳에 모가지를 졸라맨 올가미가 스르르 풀리는
이 그리움의 거리를
올빼미 부엉이의 부리부리한 눈빛으로 헝클지 말아요
오랫동안 아픈 곳에 모가지를 걸고
그러다 눈처럼 내리는 모든 것의 용서를 묻고
화사하게 흠집이라도 비춰보고 다녀간
한 가계의 올망졸망한 얼굴들이
아직은 일러
아직은 일러 하듯이
아주 더디게 걸어나오는
이 멀미 나는 거리를
꽃이 필 동안
꽃 필 동안만 바라보아 주었어요

소 3
우황에 대하여

우황 든 소는 캄캄한 밤
하얗게 지새며 우엉우엉 운다
이 세상을 아픈 생으로 살아
어둠조차 가눌 힘이 없는 밤
그 울음소리의 소 곁으로 다가가
우황 주머니처럼 매달리어 있는 아버지
죽음에게 들킬 것 훤히 알고도
골수까지 사무친 막부림당한 삶
되새김질하며 우엉우엉 우는 소
저처럼 절벽울음 우는 사람 있다
우황 들게 가슴 치는 사람 있다
코뚜레 꿰고 멍에 씌워 채찍 들고서
막무가내 뜻을 이루려는 자가 많을수록
우황 덩어리 가슴에 품고 사는 사람 많다
우황 주머니 가슴에 없는 사람
우엉우엉 우는 소리 귀담지 못한다
이 세상을 소리내어 우엉우엉 울지 못한다

소 4
눈 오는 날

눈이 내리고
소 우두커니 서 있다

계속해서 눈이 내리고
소 똑같은 자세로 거기 서 있다

눈발들이 사납게
이리저리 쏠리는데
소마저 덮을 듯 휘몰아치는데
소는 제자리에 서서
하염없이 눈을 다 맞고 있다

눈이 그치고
아무도 오고간 흔적 없는데
소 서 있던 자리
누군가 아주 감쪽같이
눈을 저리 깨끗이 쓸어놓았다

발원지

계곡에서 흐르는 물
개울에서 시냇가에서 흐르는 물
하천에서 강에서 흐르는 물
멈추지 않고 물이 흐른다는 건
어딘가 거대한 담수호가 있어서겠다
담수호가 범람하는 물 흘려보내서겠다
범람하는 담수호 어디서 찾겠나,
사람들은 흐르는 물가 삶 부려놓았겠다
흐르는 물의 담수호 땅 아래 있어서겠다
그런 믿음으로만 땅 파 샘물 젖어 살았겠다
그 물의 발원지인 담수호 찾아 거슬러 올라가면
흐르던 물 뚝 그치고 나무들 풀들 만났겠다
대체 담수호 어디서 찾나,
흐르는 물의 하류에서 올려다보면
산에서 들에서 초록이 범람하는 것 보았겠다
정작 흐르는 물의 담수호는 사람들이 **빠져** 사는 초록
이었겠다

땅 아래 물이 넘쳐나
땅 위로 범람하는 저 숲, 풀밭에서
나는 씨앗을 뿌려 초록 물로다가는
내 삶을 흘려보냈겠다

건초의 노래

들판 하나를 다 옮겨다놓았다

들판을 내달리던 슬픔의 빛깔을 고스란히
옮겨다놓은 건
물오른 슬픔이 제 몸으로 아득히 바래기 전
그 풀들의 쓸쓸함을 보았을 때의 일

그때 들판 하나를 다 쓰러뜨려놓고
햇빛에다 아득하게 잘 말려놓고 보니
생의 가벼워짐이란 더는 없고
슬픔만 무거워지는 풀이란 걸 알았다
정작 풀단을 끌어낼 때
들판이 제 풀단을 붙들고 놓아주지 않는 것처럼
무엇인가 끝까지 따라붙어 끌어당기는 것처럼
조금은 들판과 멀어졌다 가까워졌다 하면서
내가 알 수 없는 슬픔의 무게를
그렇게 끌어다 쌓아두었는지 모른다

어느날 나는
산더미처럼 쌓아놓은 건초 더미에서
비에 젖은 건초단을 보았던 것인데
파릇 되살아나는 풀잎을 갉는 메뚜기 보았던 것인데

왜, 벌은 안 보이고
나비도 안 보이지
한참을 내 슬픔처럼 찾아보는 것이다

맨발의 흙길을 걸어요

이쯤 나는 멈춰 섰어요
진흙에 얼어붙은 돌쩌귀 같은 발자국
슬픈 짐승의 맨발이 찍혀 있어요
나는 오랫동안 그대로 머물러
걸어왔던 길로 되돌아 발소리를 지우겠어요
대지의 고드름으로 매달려 봄소리의 샘을 파겠어요
긴긴 겨울 갈증의 빨대 꽂고
봄 싹 밀어올리는 꽃마중 가겠어요
그동안 모든 사물들을 왈칵
뱉어놓느라 대지는 쉬고 싶을 거예요
피가래 삼키면서 돌아눕고 싶을 거예요
내 부러진 발목의 지팡이를 붙들고
끝까지 놓아주지 않으려는 봄날
이내 대지의 마음을 알았어요
앓던 이를 뽑아놓은 것처럼
말랑말랑한 흙 위로 걸어나오는 돌들의 신음소리
제자리에 돌려놓는 것이 얼마나 아픈 길인지
이제 맨발의 흙길 서럽도록 걸어는 봐요

소 5
소 쓰러지다

풀밭에 맷돌 같은 이빨을 묻고 있네
똥과 오줌으로 풀밭의 너른 영역 누비고 잘살았던
소 한마리 그만 풀밭에 아주 눕고 있네
이제 풀을 되새김질해 살과 가죽을 얻지 못하네
반 평 가죽옷으로 짜낼 것이 그리 많았는지
진저리 새김질로 풀의 바다 퍼마셨나
마구 퍼마셔 술 취한 몸 풀어놓았나
풀기둥에 어쩌지 못하는 뿔을 묶고
늘어진 귀는 말문을 막았네
죽어 더욱 그윽해진 눈 속으로 뛰어드는 풀들이
고스란히 저 주검의 무게를 밀어올릴 것이네
풀이었던 초록의 몸뚱어리
공중으로 망울망울 터뜨려버릴 것이네
땀이 솟지 않는 콧잔등으로 풀이 헤엄쳐 오고
끊임없이 벌름거렸던 뱃구레 속에서
배설을 기다리던 풀들이 일제히 헤엄쳐 나오고 있네
저 장엄한 풀들의 행진 속으로
소가 풀꼬리를 감추고 있네

소 6
코뚜레

아버지는 우시장에다 황소 내다 팔고
목매지 송아지 한마리 우두두 몰고 오셨다
붉은 노간주나무가 최고의 코뚜레지
아버지는 베어낸 노간주나무 바짝 대려 휜다
목매지 송아지 코 세차게 뚫던 날
송아지 울음소리 노간주나무 붉게 물들였다
나는 그게 싫어서 아버지 몰래
노간주나무 베어내 아궁이에다 불질러버렸다
그러던 어느날 아버지,
황소바람 드나드는 노간주나무 베어낸 휑한 자리
하나, 둘, 다섯, 아홉, 열다섯, 하고 세어보더니
그런데 참 이상도 하지
삼십년 동안 소를 개비하기는 아홉인데
노간주나무 벤 자리 열다섯이라니
아버지는 무엇인가 도둑맞았다는 듯
노간주나무 울타리를 씩씩거리며 돌고 있었다
내 삶의 위안이 되어주던 노간주나무 울타리

목매지 송아지 코 뚫던 그날 밤
나는 다시 노간주나무 한그루 대차게 베어내었다
그렇게 아버지의 소는 내가 도둑질한 것이었다

지게

오늘 부고를 받았다
나의 농사지기, 그가 드나들던 대문 옆에
그가 두고 간 지게가 받쳐 있다
무엇인가 가득 실려 있는,

어릴 적 마당친구고
나눔의 끝이 없는 내 삶의 어깨동무였던
그와 함께 십년에다 또 십년을
퇴미퇴미 짐질하다
고갯마루에서 지게 받쳐놓고 쉴 적에도
그의 넓적한 등짝에 늘 웃짐쳐 실려 있던

뜬구름 없이 흘러가는
그가 벗어놓고 간 저 삶의 무게,

오늘 그가 벌여놓은 일들이
햇볕에서 속절없이 널뛰는 것인데

난장의 들판을 내달리는 것인데

이제 등 잃은 저 지게를
누가 짊어질 것인가

마당시편
옛집

내 기억의 풍경은 옛집이었다
그 옛집의 마당 펼치는 순간
허공에 던져놓은 둥근 멍석처럼
새떼들이 까맣게 날아올랐다

그 옛집 마당 잃어버렸던 새들
거미줄에 친친 걸린 것처럼
내 기억 속에서 얼마나 파닥였을까

어느 가을날
내 기억 속의 새들이 날아간 뒤
새들을 널기멍석처럼 놓아먹인
너른 마당이 있던
그 옛집에 가보았더니
옛집 보이지 않고

분명 이곳이라고

네댓 그루의 대추나무 감나무가 말하는 것인데도
어디서 많이 본 것도 같은
아주 낯익은 새들 앉혀놓고 말하는 것인데도
마당도 옛집도 보이지 않고

오래 전 내가 옛집 뜰 때
나와 같이 새들도 뜨면서
내 기억 속으로 떠메고 갔던 그 옛집
풀 동산 무성한 이곳에 와서는 기억해내네
금방이라도 마당으로 내려앉을 것처럼
저 감나무 대추나무에 새들이 앉아 있는 이곳에 와서는

개구리 울음소리

개구리 울음소리에다
나는 발을 빠뜨렸다

어느 봄밤
물꼬 보려 논둑길 들어서자
뚝 그친 개구리 울음소리에다
나는 발을 빠뜨려
고요의 못을 팠다

한발 한발
개구리 울음소리 지워나갈수록
깊어지는 고요의 못에다
내 생의 발걸음소리 빠뜨렸던 것

나는 등뒤에서 되살아나는
개구리 울음소리 듣고는
불현듯 가던 길 잠시 멈춰 뒤돌아보니

내 고요의 못이 왁자하니 메워지는 소리 듣는다
비로소 내가 지워지는 저 개구리 울음소리

나는 그 논배미에서
벌써 걸어나와 집에 누웠는데도
개구리 울음소리는 줄기차게 따라와
내게 빠져 운다
내 삶의 못에 빠져 운다

아버지와 소

아버지는 소를 데리고
풀을 뜯기러 나가고
낯선 사내가 와서
아버지를 기다리다 가고

이른 아침 아버지는 소를 데리고
풀을 뜯기러 나가고
낯선 사내가 와서
아버지를 기다리다 가고

다음날도 그 다음날도
날[日]이 떨어지기가 무섭게
아버지는 소를 데리고 풀을 뜯기러 나가고
낯선 사내가 와서 아버지를 기다리다 가고

어느날
낯선 사내가 나타나고
나는 씩씩거리며 들이받아 쫓아보내고

쓰러진 소를 일으키며

쓰러진 소를 일으키며 나는 되뇌인다
어둠속 더욱 시커먼 어둠으로 누워 있는 네가
나의 슬픔이구나 사방을 둘러보아도
생의 비탈처럼 쓰러져 있는 네가
또한 나의 아픈 사랑이구나
지금 너는 내 자식, 내 아버지, 내 삶의 전부처럼
이 세상에 단 하나밖에 없는 너를 말하고 있구나 그렇
구나
부러지지 않고 찢어지지 않는 어둠속에서
니가 붉은 소금으로 타고 있구나
시뻘겋게 삶의 밑불로 지펴지고 있구나
절망의 거품 물고 발버둥치는 네가
생의 바닥까지 갔다 되돌아오는 비명처럼 우는 때
나는 혼신의 힘으로 너를 도와 일으킨다
그렇게 너도 나를 도와 부끄러운 내 삶을 일으켜 세우
는구나
이제 세상을 꼿꼿하게 살아는 보자고

사랑

햇빛 반 어둠 반
마주한 시선의 어루만짐이 노을의 절정
타는 눈 속으로 타들어가는 눈의 황홀경
저 놀라운 눈을 뜨는 것이 사랑이다
해 넘어간다 해 넘어간다
저 애절한 시선이 사랑이다

진흙발자국

드디어 진흙발자국이 꽝꽝 얼어붙었다
진흙이 입 벌려 발자국 꽉 물고 있는 것처럼
나는 아픈 발자국 진흙에 남겨놓고 걸어나왔다
돌이켜보니 나는 저 족적으로
부단히도 삶을 뒷걸음질쳐왔다
지난봄 밭에다 씨앗 심을 때
논배미 모 꽂을 때 모두 뒷걸음질쳐야 했으니
초록을 앞세운 것이 아니라
초록이 내 발자국 따라왔던 것이었으니
저 꽝꽝 언 진흙발자국은 초록 데리고
봄으로의 진흙 속으로 뒷걸음질치고 있으리라
그때마다 나는 밭이나 논배미에 나가
초록 잃어버린 나를 다시 찾아놓곤 했었다
그렇게 입 딱 벌린 언 진흙발자국에다
내 아픈 발을 슬그머니 디밀어보았던 것,
진흙의 슬픈 국자처럼
내 꽝꽝 언 진흙발자국은
지금 초록을 떠내고 있는 중이다

햇볕 환한 집

햇볕 저리 좋은 가을날
햇볕이 아까워 아까워서 문 밖으로 나섰는데요
나서자마자 햇볕들이 따라붙었는데요
걷잡을 수 없이 불어난 햇볕들
줄줄이 데리고 들판에 다다랐는데요
내가 이 밭머리 저 밭머리 쓰다듬으니
햇볕들도 가만 있지 않고 들판에 볕이란 볕들
모두 불러모아 이밭 저밭 뛰놀고 있는데요
저희들끼리 마구 뒤엉켜 장난도 치고
고추며 참깨며 샅샅이 헤쳐보며 만지곤 하는데요
그럴 때면 내 마음의 화수분 같은 열매들
잘 받아먹은 햇볕으로 울긋불긋해지지요
그러니 온 들판이 붉거나 누렇거나 제 보란 듯하지요
집을 나설 때보다 더 새까맣게 탄 내가
햇볕들을 데리고, 우우우 울긋불긋 햇볕들을 데리고
대문 안으로 들어섰어요
그러곤 널기멍석에다

그 많은 햇볕들을 몽땅 쏟아 부려놓았지요
그렇게 마당 환한 가을날이었어요

제2부

버섯

입담 좋던 한 나무가
어느날 갑자기 말을 멈추어버렸네
주저리주저리 이고 가던
말의 물동이를 내려놓았던 것이네
훈장처럼 달고 있던 바람도 가고 새들도 가버린,
이제 향기를 잃어버린 말이 굳게 닫히네
더이상 구름의 말을 찧지 못하네
으릉으릉 시커멓게 썩어가는
비명처럼 내지르는 나무 속 천둥소리 몸엣말
자꾸 솟아나는 그 말마저 새어나지 못하게
제 혓바닥을 무수히 뽑아내고 있는 것이네

오동나무

더 큰 나무를 만들기 위하여
나무를 자르면 허공이 움찔했다
나무가 떠받치고 있던 허공이 사납게 찢어졌다
잘 지냈던 허공과 떨어지지 않으려
몇번이고 나뒹굴다 결국은 아주 누워버렸다
밑동에서부터 둥글게 허공이 도려지는 순간이었다
허공이 떠난 빈자리에 새순이 불끈 솟아올랐다
돌아온 허공이 봉긋 부풀어오르고
나무는 허공으로 들어올려졌다 이제
저 땅에서 걸어나온 시간만큼
나무는 자랄 것이지만, 방금
한 여자애가 태어나면서 쏟는 울음소리로
한껏 푸르러질 것이지만, 그럴 것을 믿는
그 집, 오동나무 집

두릅나무

나는 적산지에서 태어났다 한다
아주 오래 전 아버지는
남향받이 땅이, 놀리는 그 땅이 아까워서
산두릅나무 몇그루 심었다 한다
땅주인을 본 적 없지만 일본인이라 했던
그 밭 귀퉁이에 조그만 흙집 지었다 한다
두릅나무 가시덤불에서 나를 낳았고
아무 걱정 없이 두릅나무 바라보는 일만 했다 한다
두릅나무 밭이 되는 일 바라기만 했다 한다
네 땅이 넓어야 얼마나 넓으냐 하고 번지는
두릅나무의 성질은 꼭 아버지 닮았다 한다
그리고 아버지 돌아가시고 여러 해 지나
두릅나무 동산은 아버지의 베개 속에 있었다 한다

지금껏 내게 들려주신 어머니 말씀이었다
어머니, 지금 그 이야기는 동화가 아니지요
어머니는 누런 문서와 하얀 문서 내게 건네주며

지금 이 땅이지
저기 좀 보렴,

내 마음속 붉은 깃발이 꽂혀 있던
그 적산지엔 아직도 두릅나무가 한 두릅 한다

둔덕 나무

둔덕 아래 키 큰 나무가 보아
가장 눈에 잘 띄는 둔덕에다
씨를 떨구어놓았습니다
둔덕의 높이 덤으로 딛고 싹이 트이길
가지 힘껏 쳐들어 햇볕 쬐어주면서
눈물겹게 바라다보았습니다
그 모습 보고 둔덕도 흙을 등마해
나무와 함께 어린 싹을 키웠지요
그러는 것이 마냥 고마운 키 큰 나무는
따뜻한 햇빛 따라 웃자란 어린 나무가
둔덕 아래 내려다보고는
현기증 일으킬까보아 발 헛디딜까보아
제 몸 떼어내 둔덕에게 미안한 마음으로
우묵한 데를 메워주었던 것입니다
어린 나무가 그걸 보고는
키 큰 나무의 마음 안다는 듯
나날이 생각이 깊어져 잎을 수없이 매달았지요

키 작은 나무와 키 큰 나무는

그렇게 둔덕 아래를 조금씩 메우더니

어느새 서로의 마음을 이어 환하게 펴 보이는 것입니다

봄나무

한그루 나무가 있다
나무 옆에는 연못이 두껍게 얼어 있다
나무는 연못에 물을 담아두었다 길어 마시며
오랫동안 목마름의 깊이로 출렁였다
그렇게 연못도 물이 늘었다 줄어드는 것을
나무 속을 드나들며 알았다
겨울 동안 까맣게 잊고 있었던
넘어지면 서로 빠질 듯한 거리
그 거리를 좁혀 마주한
나무와 연못
그윽하게 서로 눈만 바라보고 있더니
가운데부터 그렁그렁한 눈우물 솟아
순간 연못에 얼음이 쩌억,
이제 오래 전 나무에게서 받아두었던
연못의 물이 나뭇가지의 눈으로 옮겨가는 중이다

나무

겨우내 침묵으로 서 있던 나무들이
이른봄 일제히 입을 열기 시작한다
나무기둥의 색깔과 아주 다른
저 연녹색의 가느다란 우듬지를 보면
나무가 혀를 쑤욱 빼어문 듯 보인다
나무의 온 생각을 집중시켜놓은 듯
쉴새없이 혓바닥을 낼름거리며
허공을 길게 핥아나간다 그럴 때마다
허공은 파르라니 깨끗이 닦여
나무는 또 한번 세차게 발돋움한다
자꾸만 혀를 움직여 허공을 오른다
허공을 구부려 입 속에 넣는다
그렇게 나무는 자란다
혓바닥이 둥글게 말려 나이테 이룰 때까지
혀가 굳어 생각이 깊어지는 나무가 될 때까지

여름나무

어쩐지 겹겹이 지붕을 잇고 또 잇고 있더라
나뭇잎의 손을 활짝 펴서 땡볕을 가리기는 하여도
기실 큰비 다 받아내는 일이 더 큰 노릇인 줄은 알고는

먼 데 땅 개미들도 새까맣게 떼지어 나무에게로
나무에게로 새들도 벌레들도 나무에게로
비 냄새 쩌릿쩌릿한 바람떼도 나무에게로 와서는

드디어는 지붕을 때리는 큰비가 내린다
으름으름 큰비 데리고 다니는 천둥소리
앙다문 입에서 옥구슬 쏟아지는 것을 보고는
드디어는 나무도 더는 못 참고
낭창낭창 제 몸을 구두질하던 속엣말을 꺼내어서는
빗방울들과 죽이 맞아 물 손뼉 쳐대는 것이라니

후줄근 온몸이 젖은 여름나무는
한동안 자지러지게 그렇게

물방울 튕겨져 오르는 손등의 경련을 알고는
잎잎의 손바닥으로 뒤집어서는
즐거이 번갈아 지붕을 깨끗이 고쳐 매고는 있더라

나무들의 집

겹겹이 나무들에 둘러싸인 집
도대체 누가 사는지 모르는 집이었어요
수많은 나무들이 낮 동안 햇살을 키질하다가
밤이면 성큼 발을 들여놓는 집
연신 무슨 기척이 밖으로 새어나오곤 했어요
나무들이 집 한채의 아귀를 맞추는,
대추나무 문지방이 반질반질 다 닳아지는 소리
활짝 열려 있던 단풍나무 대문이 거나하게 닫히는 소리
따라 들어온 황소바람을 참나무 빗장으로 질러대는
소리
　어둑한 부엌에서 삶을 단련 받는 박달나무 도마질 소리
　아궁이 속으로 푸른 솔이 구들구들 생을 재치는 소리
　벌집 속의 애벌레처럼 나무들이 집안으로 다 들어갔
어요
　이름을 알 수 없는 한 나무 상자를 서성이던
　시계 소리만이 긴긴 밤 그 집을 또박또박 밀고 갔어요
　그러고는 날이 밝자 단풍나무 대문이 활짝 열리더니

우르르 나무들이 쏟아져나왔어요
낮 밤 동안 나무들과 몸을 바꾸었던 집은 오간 데 없고
빙 둘러선 나무들만이 더욱 늙어 늙어갔어요

길

늙은 청설모 한마리 훌쩍 사라진 나무
아무리 들여다보아도 보이지 않는 그 나무의 길
삶이 스며들기도 죽음이 배어나오기도 하는
갈수록 깊어지는 그 나무 속의 푸른 길
간혹 오래된 나무를 보면
왠지 누군가 옷을 걸어놓고
그 나무 안에 들어가 쉬고 있다는 생각이 든다
나는 언젠가 늦은 저녁
산 속으로 아버지의 지게를 받으러 나섰다가
많은 나무에 섞여 보이지 않는 그 길을 못 찾고
쩔레쩔레 그냥 돌아와서는
문득 아버지의 삶을 몹시 두려워했던 적이 있었다
그렇게 나무 속을 휑 돌아 삶을 쟁여 져날랐던
단내 나는 나무향의 아버지
나는 아버지 살아 생전 그 길을 잊고 있다가
오늘 여기 한 나무가 술렁이며 왈칵 뱉어낸
아버지가 누워 있는
한 나무의 길을 따라갈 줄이야

겨울 오동나무

우리 집
겨울 오동나무 가지 끝에
아직도 씨알들이 매달려 있다
몇몇의 잎사귀도 지지 않고 있다

오동나무가 온 힘을 다해
밀어내고 밀어내다 멈춘 그 자리
어떤 생각들이 모여 있을까

오동나무의 생각처럼
이파리의 문장을 짓고
늙어 점점 텅 비어만 가는 속엣주문을 외고
한 생각의 내가 아프게 매달리어 있는 거기

아버지, 아버지, 아버지,

얼마를 더 기다려야
가구가 완성되나요

자정의 나무

먼 길을 걸어서 왔다
잠시 쉬었다 가기로 한 자정의 나무는
긴 손을 내려 소금처럼 넣어둔
호주머니 속의 새를 걱정한다
나무의 잠을 베고 새가 자는 동안에도
어제처럼 나무는 냇가로 내려가
하얀 발을 씻었다 시린 물에
댕강 부러져나가는 발가락을 씻었다
나무가 걸어온 길을
아픔처럼 씻으며 흘러가는 냇물에
맨발을 벗어놓고 다시
자정의 언덕을 징징 넘어간다 거기
몇몇의 나뭇잎이 떨어지며 마중을 나왔다
그럴 때 빛의 인두로 지진 나이테가 미소지었다
어둠의 건반을 베고 누운
새들의 풍금소리가 울리기 전에
생의 단추 하나 더 단 나무는 단단히 짐을 꾸린다

이제 더욱 깊은 어둠의 수레를 끌고
하얀 맨발의 발목을 분지르며 간다

앉아 있는 나무

저 그루터기로 보아 베어내기 아까웠던
한때 참 잘 자랐던 나무인 걸 한눈에 알아봤어요
한아름도 넘는 밑동이 곧게 자랐을 거란 믿음 같은 거
누군가 그 나무 베어낼 때 몹시도 슬퍼했던 흔적 같은
거
단번에 베어내지 못하고
몇번이고 쉬어간 톱자국이 그걸 말하고 있어요
제 몸에서 걸어나온 나무의 아픈 흔적 같은 거
어쩌면 누군가도 그 나무 속으로
저와 같은 흔적 남기며 걸어 들어갔을지도 모를 일이
지요
그루터기나무의 가족으로 보이는
작은 나무들의 나뭇가지가 찢겨 있어요
쓰러지는 그루터기나무 받아 안고
내어주지 않으려다 찢어진 마음들 같은 거
작은 나무기둥 사이로 큰 슬픔이 빠져나간 듯 길이 나
있구요

하늘도 누수하듯 거길 들여다보고 있어요
그런데 참 이상한 것은
허공에다 파놓았던 그 나무의 푸른 웅덩이 사라진 뒤
환한 햇빛의 웅덩이가 새로 생겨나 있는 거예요
아무래도 그루터기나무는 어데 멀리 간 것이 아니라
숲이 내준 환한 슬픔의 자리에 앉아 있는 듯해요
나도 이렇게 그루터기나무와 함께 앉아보는 슬픔으로요

늙은 나무

어떤 움직임으로,
두근거리지 않는 것은 없다
나무 하나가 우뚝 서서 고개 들면
제 목숨, 그 운신의 폭 넓히려는 사물들
나무 하나가 나무 하나의 숲을 열고 들어갈 때
모자 벗고 신 벗는다 옷을 벗고,
벗는 것으로 예를 다한다
나이 한살 더 먹는 경건함
늙은 나무 쪽으로 집중되어 있는
많은 식구들의 움직임
어둠속에서 떨던 별들이 녹아내리는 설레임으로
두근거리며 푸르러지는 숲
문을 열었다 닫았다
수백년 늙은 나무는 팔다리 운동을 한다
숲의 거울을 도맡아 닦는, 늙어 살찌는 넉넉함으로
숲의 식솔 먹여 살리는 노고가 옹이를 만들었다
수백년에서, 엊그제 갓 만든 옹이까지
무릇, 저 늙은 나무의 이력을 다 읽지 못한다

단풍

나무들 불씨를 매달고 산을 오른다
젖은 잎맥 속에 숨겨놓은 불씨들
가지의 부젓가락으로 가끔씩 잎을 뒤집기도 한다
그럴수록 점점 목이 말라 나무는 물을 길어올린다
물을 퍼올리는 저 발군의 나무들
찰랑이는 이파리들 터지는 물방울 분수다
가만히 보면 나무는 둥글고 뾰족한 수압이 센 물통,
초록물을 쏘아 잘 닦아놓은 허공 찌를 듯 오른다
오를수록 확확거리는 나무들은 문득
제 몸에서 빠져나간 물이 출렁거리는 하늘을 본다
이제야 비로소 스삭거리는 몸,
그 우듬지에 스스로 불 긋는 나무들
산을 훌렁 태울 듯한 기세로
아래로 아래로 붉게 타면서 내려오는 것이다

숲속의 장례식

죽은 나무에 깃들인 딱따구리 한마리
숲을 울리는 저 조종 소리

푸른 귀를 열어 그늘 깊게 듣고 있는
고개 숙인 나무들의 생각을 밟고 돌아
다음은 너
너 너 너 넛,

다시 한번 숲을 울리는 호명 소리

한 나무가 죽음의 향기로운 뼈를 내려놓는다
따르렷다 따르렷다
딱따구리 한마리가 숲을 뚫는다
마침내 그 길을 따라
만장을 휘날리는
나무들의 행렬들

죽은 나무

한 나무가 한 나무에 기대어 있다

누군가에 기대어
한 생이 고요해지는 순간,

거기 검은 촛불을 켜놓고
땅으로 걸어 내려오는 저 향기

제3부

공중먼지를 추억한다

싸리 꽃잎이니
패랭이꽃이니
다 어디서 오는 것인지

늙어 말라가는 나무니
벼랑에서 점잖게 고사된 나무니
다 어디로 날아가는 것인지

벼락 맞은 대추나무가 도장 찍은 자리
봄쑥이 들어올려 일으키는 흙먼지……

모든 서 있는 것들이 서 있는 무게로
스스로를 공중으로 날려버리는,
늙은 사과나무가 더욱 빨간 사과를
뿌리 뒤틀어서 구워내는 힘

공중을 보면,

공중을 보면,

나무와 풀들이 떠도는 것을 알 수 있지
어디론가 떠나야 한다는 믿음으로 살지는 않지
공중먼지로 떠돌던 나무와 풀들이
무수히 떨어지면서 날아가면서
파르르 몸 떨며 스스로를 추억하네

햇빛에 대하여

먼 길 걸어온 햇빛 반기는 것인지
넘치고 넘쳐나는 햇빛이 아까웠는지

생의 아래쪽으로 움츠려 있던 나무들이 활짝,
살림살이 그릇 죄다 꺼내어 펼쳐놓는다
저 많은 그릇에 넘쳐나는 햇빛의 둥근 기억들
달고 시고 쓰고 맵고 짜고 비린 기억의 햇빛들
햇빛은 그 맛의 기억을 찾아서 내린다

햇빛의 그릇들을 높이 걸어놓는
저기 저것 좀 봐
햇빛 어루만져 매달아놓은 과실들
햇빛 읽어 반짝반짝 소금이 자라는 바닷물
둥글게 햇빛을 깎아놓은 높다란 방에서
아늑하게 삶이 데워지기도 한다

햇빛이 닿으면 닿기 무섭게

꽃들이 향기를 타고 올라 생의 널 뛰고
곡식들이 절로 고개 숙인다
햇빛은 그 밝기만으로도 얼마나 겸손한 것인가
열매처럼 매달린 내 머리도 끄덕인다

어느 늦은 저녁
햇빛의 시장기가 몰려오는 것인지
나는 어질머리 흔들며 집으로 돌아간다
제 생의 햇빛을 다 담아냈던
그릇들이 달그락 달그락 소리내는

사과밭 지나 배밭 지나

새

새들이 황급히 날아드네 저녁 아궁이에
밑불로 디민 노을이 사위어가는 빛으로
환장하게 반긴 배후의 숲이 검붉은
입 크게 벌려 새를 끌어당기네
새는 지는 하루를 입에 물기 위하여
들끓는 해가마가 되어 돌아다녔네
피가 식어 피를 데우려고
알갱이를 몸 안으로 연방 디밀었던 부리
모이주머니가 전대처럼 두둑해질 때까지
부엽토를 박박 헤쳐대던 발톱
서쪽으로 머리 두고 무거운 것을 다루었던 새는
이따금씩 날개를 세차게 흔들어
몸이 뜨는가를 슬쩍 가늠해보기도 했네
마치 하루가 짐스럽다 벗어버리듯
모이주머니에 가득 주워 담은 알곡들을
저리 재잘대는 부리로 까불리고 있는 새떼들
춘에 끼지 못한 새는 숲속 가랑잎 위에

똥을 소담하게 쌓아놓고는
날개를 땅에 내려놓지 않았네
숯검은 나무가 발 빠뜨린 숲
새는 늙어 죽는 것이 아니라
저 저녁답, 지는 노을 속으로 몸 던져
발그레한 알을 동쪽에다 물어다놓는 것이네

잘 자란 돌

돌이 자란다

비 그친 뒤,
흰 돌은 흰색으로
검은 돌은 더욱 검은색으로 자란다

그때 아마 돌들은 물 많이도 먹었을 테지
그래서 더욱 기를 쓰고 헤엄쳐 나왔을 테지

저기 흙 속에 잠수하고 있던 돌들이
땅 짚고 헤엄쳐 나온다
푸하 푸하하 아주 잘 자란 돌들이

탐스러운 햇빛

꼭 같은 곳으로 쏟아지는 햇빛의 눈부심이 다른 건
반나절 지나 한나절이나 되게
햇빛을 건너가는 마음으로 마당 퇴위 앉아
마당으로 후박나무 그늘이 옮겨가는 것을 보고 알았네
후박나무에다 그늘의 무게를 더해 새가 앉아,
바람이 심심하게 후박나무 그늘을 흔들 때
내 마음의 그늘이 매달리어 흔들리는 것처럼
탐스러운 햇빛이 열리는 그늘로나 알았네

햇빛의 탐스러움은 그늘로만 말하지도 않는다네
고양이가 다 비워낸 밥그릇의 눈부심을
반나절 지나 한나절이나 되게
고양이가 엎지르지 않고 깨끗이 비워내고 있네
비워내도 넘쳐나는 햇빛을
나도 한동안 가만 앉아 포식하는 이 즐거운 한때

구두

길 가다 만 구두 풀밭에 있네
조금은 낡았지만 잘 길들여진,
어쩌다가 이 구두 하나만으로
한참을 여기 서서

이 구두 하나만으로
구두의 주인은 발을 벗어 가고
순간 화들짝 놀란 풀들이 뺐던 발
구두에게 슬쩍 디밀어보다
다시 발을 뺀다

이 구두 하나만으로도
어떤 기다림으로 자란 풀들
일제히 발가락을 꼼지락거려
기웃 들여다보며
그 구두를 얼마나 신고 싶어했을까

이 구두 하나만으로도
거기 구름이 벗어놓고 간 빗방울 흔적
한번씩 신어본 듯한 새들의 발자국
제 마음을 신어본 풀씨 몇 알갱이

어떤 기다림이 이렇게 녹색 구두로 자라 올랐을까
풀밭 식구들이 빙 둘러 있던 구두가 움직인다
이제 이 구두 하나만으로 풀밭이 간다

숲에서

숲은 늘 무덤처럼 열리고 닫혔다
추억의 화살처럼 추위도 날아들었다
이 겨울 숲의 목격자인 나는
숲이 파놓은 불안에 빠지고
나무들도 바람을 붙들고 처음 듣는 울음소리를 낸다
불현듯, 나는 삶의 방향을 잃어버린 추운 짐승인 것을
알았다
대담한 겨울산에서 숲은 일찍 생리를 끝낸 듯
잠음 없이 터진 상처 꿰매며
가파른 생의 언덕처럼 서 있는 나에게
관계, 그래 부지런한 관계가 살 만하다고 끌어안고 있
다 저기
덧나지 않는 관계의 문 열고 온다
어쩌면 짐승들이 누볐던 상처인 말라가는 나무나
등걸의 모습으로 살았던 저 아랫마을 사람들이
숨가쁜 삶의 벌판에서 누군가를 떠메고 온다
산에서 추억할 시간들을 종이로 엮어

이제 숲은 늘 넘쳐서 고스란히 공중으로 되돌려준다
보태지는 만큼 쓰러지는 숲에서
그 불안의 끈 끊으며 새들 공중으로 날아오른다

새 집

어느 고인 물
고요가 깊은 물
가득 구름이 담겨 있는 동안만
새들 날아와
목마름으로 날아와
그 구름 다 물고 날아갔다

공중누각처럼
새들은 구름의 집을 지으리

구름에 젖은
새들의 울음소리 들리는

저 천둥소리의 집

이 돌을 써라

나는 돌을 지게에다 지고 집으로 돌아왔습니다
고된 일의 대가가 돌 한 지게라고 나는 믿어요
돌을 지고 올 때마다 내 삶이 무겁다는 것도 알고요
마음대로 벗어버릴 수 없는 내 삶의 무게 말입니다
밭 갈고 이랑 고르고 추수하다가도 어찌 돌이 많은지
연년이 주워내도 밭은 도처에다 돌의 알을 까지요
밭에 나갈 때마다 날라다 쌓아놓은 저 돌 무더기
나는 물을 길어 진흙돌을 깨끗이 씻기까지 하지요
내 삶이 언제나 반짝여야 한다는 것처럼 말입니다
오늘도 돌을 지고 집에 돌아와 부려놓고는
그 돌 무더기 앞에서 내 삶을 투정하듯
혼잣소리로 중얼거려봅니다

아들아, 이다음에 아주 이다음에
이 돌을 내게 써라

냄새 1
부엌 풍경

아궁이가 시뻘겋게
불 받아 마시는 부엌 풍경
내 기억 속에서 활활 타올랐다
그때 그 불의 기별 전해듣고
아궁이 앞에 속속 모여든
딱딱하게 언 수레바퀴의 신발들
잠시 수군거리며 불을 쬔다
피가 뜨겁게 데워졌다는 듯
그들은 칼을 갈기 시작했고
물 설설 끓는 아궁이 불 재차 디밀었다
시뻘겋게 비장한 그들
마당으로 우르르 몰려가더니
수천의 비명소리
아궁이 속으로 뛰어들었다
아궁이에서 불을 꺼내
그 비명소리 굽기 시작했다
슬픈 냄새의 시간을 구워냈다

아궁이에서 벌겋게 오려낸
저 냄새 나는 부엌 풍경
지금껏 내 기억이 활활 받아먹었다

냄새 2
밤꽃

날 저물 무렵
숲에서 이상야릇한 냄새 흘러나옵니다
봄꽃이 여름꽃으로 넘어가는 때
누군가 숲에 들어 흘리는 것 같기도 한
그 냄새가 숲마을 자욱하게 번집니다
그날 집집마다 불이 일찍 꺼지는
참으로 기이한 일이 일어나기도 합니다
나는 그 냄새 나는 숲마을에서 훅훅
그 냄새에 취해 훅훅
아내와 잠자리하고 훅훅
바람 쐬러 밖에 나와보니
아까보다 그 냄새가 더욱 자욱한
숲마을이었던 것입니다
나는 그 숲마을에서
그 냄새의 아이 넷 낳아 기르고 있던 것인데
지난날 가만 생각해보니
훅훅 밤꽃냄새 훅훅 정액냄새

그 기억 자꾸만 토해내는 것처럼
아내는 밤나무의 밤이 익을 무렵
심하게 입덧을 했던 것입니다

그런 기억을 가진 것처럼
다시 숲마을에 밤꽃냄새가 진동합니다
나와 아내는 오늘밤도 훅훅, 훅훅······

무거운 책

그가 일생을 두고 완성하려던 책을 바라보네

오로지 한땀 한땀 삶을 잘 엮어내기 위하여
수시로 그의 손이 간 쭈글쭈글한 가죽의 책표지
책의 겉장,
그 이마에는 아무런 제목도 붙여지지 않았네

불 꺼진 창처럼 내게서 어두워져가는 이마 앞에서
아픈 생각으로 무릎 꿇고 있던 나는
아버지, 아버지, 아버지,
책의 제목처럼 큰소리로 울부짖었네

아무도 펼쳐보지 못했던 내 삶의 백과사전,
그 두꺼운 아버지의 이마에다
내 떨리는 손 얹어보았네
대리석처럼 차갑고 무거운 생각들이 소용돌이쳤네

마치 그 책에서 무엇인가 찾아낸 것이 있다는 듯
얼른 내 이마에 손 짚어보네
나는 아버지를 이해하는데 왜 이리 슬프기만 한지요
한참을, 한참을 이렇게만요
그것도 잠시,
나는 아버지가 남긴 저 절절한 삶의 시
조막만 한 내 이마, 그 가업의 책에다 기록해두었네

비로소 아버지의 무거운 이마가 책을 꽝꽝 덮어버렸네

늪

풀들의 범람으로 늪이 생겼다는
그 오래된 늪을 바라다보니
풀들이 빠져 아직도 흐느적거린다
물 밖으로 나오는 걸 포기했다는 것일까
잔뜩 물먹은 듯 연신 공기방울 뿜어낸다
햇빛 받아 그늘 싸움하는
풀들이 풀들끼리 올라타고 깔아뭉갠다
생의 싸움에서 진 풀들이
늪에 녹아내려 물의 양을 조금 늘릴 뿐
썩은 풀들의 수렁이 조금 깊어질 뿐
그 누구의 아픔도 아닌 것처럼
풀들의 싸움이 끊이질 않는다
더운 늪 밖 풀들이 뛰어들지 못하고
시들시들 햇빛의 갈피 넘기는 때
늪이 늪으로 깊어가는 싸움을 한다
늪에다 생을 보시하는 풀들의 싸움으로
늪이 늪으로 번져나는
저 가시연들 노랑가시연꽃들······

자벌레

방금 자벌레 한마리 또박 또박
나무에게로 간다 또박 또박
나무 하나를 다 재고 나서 잎을 갉는다
자벌레 몸 속으로 밀어넣는 나무
구멍 숭숭 뚫린 나뭇잎에서 팔랑거리는 잎으로
닿을 듯 휘저어 휘저어 옮기어 간다

우듬지 막 밀어올리는 새순,
나무 하나 다 돌아나온 자벌레가 허물 벗는다
나무를 읽어서 나방이 되는 자벌레
나뭇잎 사이에서 이슬 말리다
저 부신 아침, 아뜩한 세계를 내려다본다
날개가 날아다니는 공중의 길
나무는 스스로 걸어서 올라간다
그러나 자벌레가 읽지 않는 나무는
가끔씩 나아갈 곳을 잃어 휘어지기도 하는 것이다

자작나무 여자

그의 슬픔이 걷는다
슬픔이 아주 긴 종아리의 그,
먼 계곡에서 물 길어올리는지
저물녘 자작나무숲
더욱더 하얘진 종아리 걸어가고 걸어온다
그가 인 물동이 찔끔,
저 엎질러지는 생각이 자욱 종아리 적신다
웃자라는 생각을 다 걷지 못하는
종아리의 슬픔이 너무나 눈부실 때
그도 검은 땅 털썩 주저앉고 싶었을 게다
생의 횃대에 아주 오르고 싶었을 게다
참았던 숲살이 벗어나기 위해
또는 흰 새가 나는 달빛의 길을 걸어는 보려
하얀 침묵의 껍질 한 꺼풀씩 벗기는,
그도 누군가에게 기대어보듯 종아리 올려놓은 밤
거기 외려 잠들지 못하는 어둠
그의 종아리께 환하게 먹기름으로 탄다

그래, 그래
백년 자작나무숲에 살자
백년 자작나무숲에 살자
종아리가 슬픈 여자,
그 흰 종아리의 슬픔이 다시 길게 걷는다

비 듣는 밤

그칠 줄 모르고 내리는 빗소리
참으로 많은 생을 불러 세우는구나
제 생을 밀어내다 축 늘어져서는
그만 소리하지 않는
저 마른 목의 풀이며 꽃들이 나를
숲이고 들이고 추적추적 세워놓고 있구나
어둠마저 퉁퉁 불어터지도록 세울 것처럼
빗소리 걸어가고 걸어오는 밤
밤비는 계속해서 내리고
내 문 앞까지 머물러서는
빗소리를 세워두는구나
비야, 나도 네 빗소리에 들어
내 마른 삶을 고백하는 소리라고 하면 어떨까 몰라
푸른 멍이 드는 낙숫물 소리로나
내 생을 연주한다고 하면 어떨까 몰라
빗소리에 가만 귀를 세워두고
잠에 들지 못하는 생들이 안부 묻는 밤

비야, 혼자인 비야

너와 나 이렇게 마주하여

생을 단련 받는 소리라고 노래하면 되지 않겠나

그칠 줄 모르는 빗소리 마냥 들어주면 되지 않겠나

이상한 마을

횡 뚫린 지방도 310번을 허리띠처럼
꼭 붙들어 매고 있는 그런 마을이 있다
마을 안 길은 시멘트로 포장되어 있고
스무 남짓한 집들이 일정한 간격으로 깨끗하다
대파 마늘 채소들이 즐비하게 조을고
참새 까치도 괜히 울어젖히고 있는 그런 마을,
알곡 거둬들이기만 해봐라, 죽은 듯이 쥐들이 살고 있
는 마을
사람 대신 도둑고양이만 얼쩡거리는 마을
이따금 생선이나 전자제품 실은 차가
습관처럼 허탕치고 가는 마을
교인들이 전도하러 들렀다가 고개 갸웃하며
다시는 넘보지 않을 것같이 떠나는 마을
고물장수가 뻥튀길 가득 싣고 와도
아이들이 끝까지 나타나지 않는 마을
아무리 훑어보아도 되는 노릇 없을 것 같아
그 어떤 소문도 없는 저 마을

그러나 어둠 내리면 연기가
줄줄이 매캐하게 마을을 덮고 불이 켜지고
티브이 전원일기 속으로 일제히 빠져드는 마을
누가 사나 기웃해도 기침소리뿐,
무슨 명절이다 잔치다 하면
애어른 할 것 없이 갑자기 수백명이 북적거리는,
아, 그런 마을이 있다

수레바퀴 언덕

수레국화 언덕 끌고 언덕 오르는 데 일년
봄맞이꽃 언덕 끌고 언덕 내려가는 데 일년
일년은
언덕이라는 수레바퀴가 한바퀴 도는데
꼬박 걸리는 시간
언덕이 한바퀴 또 한바퀴
여름풀 겨울나무 언덕 끌고 나타난다
언덕의 수레바퀴 돌아가는 속도대로
꽃 피고 꽃 지고 나비 날고 벌떼 잉잉거린다
모든 생의 언덕은 분침초침처럼
조금 느리게 아주 빠르게 돌기도 한다
간혹 제 언덕의 바퀴에 깔린
검은 나무는 죽은 시간의 잠으로 또 한바퀴
그렇게 나도 언덕을 끌고 여기까지 왔다
내가 끌고 온 언덕이 데굴데굴
내가 탕진해버린 언덕이 데굴데굴
구르고 굴러도 언덕인 내 평생아

■

해설

초록을 떠내는 진흙발자국

김종태

1

최창균 시인을 만난 지가 퍽 오래 되었다. 파주시 교하 읍에서 소목장을 운영하며 살고 있는 그의 독특한 이력 은 서울이라는 삭막한 공간에서 컴퓨터와 얼굴 맞대고 사는 많은 시인들에게 회자되고 있는데, 가끔 소와 함께, 풀과 함께 청정의 삶을 사는 시인을 생각할 때면 문단의 새카만 말석에서 쭈뼛거리던 이 후배 시인의 손을 덥석 잡아주던 그의 묵직한 손이 먼저 떠올랐다. 그 손이야말 로 묵필에 길들여진 문약한 내 손등에 삶의 절실함을 음

각시키는 뜨거운 무엇이었다. 박목월의 시집 제목에 빗대 표현한다면 나는 시인에게서 '크고 뜨거운 손'을 발견하였다.

　최창균 시인은 그의 건장한 외모에서 풍기는 이미지와는 달리 가늘게 떨리는 듯한 나지막한 목소리와 그에 걸맞은 여린 마음을 지닌 시인이다. 가끔씩 그와 통화할 때마다 늘어놓는 어눌할 정도의 언변은, 이상하게도 장시간 지루하지 않게 이야기 속으로 청자를 끌어들이는 독특한 마력을 지녔는데, 이는 그 삶이 지닌 핍진함과 솔직함에서 기인한다고 생각된다. 그는 세상 사람들과 얽힌 삶의 자잘한 부분들에서도 쉽게 여린 마음을 들키는가 하면, 한시도 인간에 대한 근본적인 애정을 잃은 적이 없는 성품을 지녔다. 그토록 고달픈 목장 일을 바삐 수행하면서도 평생 시를 놓지 않고 살 수밖에 없던 까닭도 여기서 찾아지지 않겠나 싶다.

　그러한 그가 등단하고 몇년 후 시업을 포기하고 살아야 하던 때가 있었다. 일과 가정에 복잡한 일이 있었기 때문이다. 그는 그때의 정황을 "권력의 힘에 밀려 아무 이유 없이 감옥으로 가야 했으며 이십년 동안 농지원부(농민임을 증명함)를 소유해왔던 땅의 일부를 잃었으며 그 충격으로 인해 아버지를 다시는 볼 수 없게 되었던 것이다. 말하자면 내가 경영했던 일과 가정이 아수라장이 된 상황에서 시를 쓴다는 것이 스스로 용납되지 않았다."(『현대시학』 1999년 5월호)라고 피력하고 있다. 몇년 간의 시인 폐업기를 지나 다시 본격적으로 시를 쓰기 시작한 것은 1999년이다. 한편으로는, 휴지기를 거쳐 99년 이후 본격적으로 작품을 발표한 그이긴 해도 등단 16년 만의 첫 시집은 너무 늦은 게 아닌가 하는 생각도 들지만 요즘같이 작품집이 홍수를 이루는 시대에 이만한 절제를 보여주는 시인이 있다는 것도 의미 있는 일이겠다.

2

시인의 첫 시집은 그의 삶을 오롯이 보여주는 시편들로 구성되어 있다. 물론 시인의 삶이 나타나지 않는 시집이 어디 있을까마는 특히 이 시집은 최창균 시인이 아니라면, 그와 같은 경험이 있는 사람이 아니라면 도저히 흉내낼 수 없는 육화된 시의 정수를 보여주고 있다. 사회변혁운동이 시들해진 1990년대 이후 우리 문학은 새로운 지향점으로 생태주의를 내놓았는데, 그 '이론'들과 잘 맞는 작품 중 일부는 탁상공론식의 사유를 보이는 경우도 있어서 도대체 작품이 먼저인지 이론이 먼저인지 헷갈리게 한다. 이에 비해 최창균 시인의 시는 생태주의 문학이론의 훌륭한 실제 사례가 될 수도 있을 것이나, 굳이 그의 시를 놓고 그러한 서구 이론을 갖다대어 도끼로 나비 잡듯이 할 필요는 없을 듯하다. 그의 시는 거대담론으로 분석할 수 없는 원형성과 순수성을 지니고 있기 때문이다.

이번 시집은 3부로 나뉘어 있다. 1부의 시들은 대체로 소에 관한 이야기들이다. 그에게 소는 생업의 수단이기 전에 가족과 같은 인생의 동반자이다. 우리 조상들은 소를 생구(生口)라고 불렀다. 생구는 원래 머슴을 의미하는 말인데, 밥을 같이 먹는 가족을 식구라고 하듯이 생구라는 말 속에는 소를 사람으로 여기는 우리 고유의 생각이 배어 있다. 최창균 시인의 시에 나오는 소의 형상 역시 우직하고 참을성 있고 성실하게 그려지는데, 이는 또한 시인 자신의 모습일 것이다.

시인과 소의 운명적 동질성은, 시인의 삶이 평생 소를 먹이며 살아온 아버지의 삶에서 비롯하였다는 원래적인 혈연관계에 대한 인식에 이를 때 더욱 명확하게 나타난다. 이를 두고 시인은 "목매지 송아지 코 뚫던 그날 밤/나는 다시 노간주나무 한그루 대차게 베어내었다/그렇게 아버지의 소는 내가 도둑질한 것이었다"(「소 6」)라고

말한다. 시인은 다른 지면에 쓴 글에서 아버지의 죽음도
소와 땅의 상실과 관련된다고 어렴풋이 밝힌 바 있는데,
이처럼 시인의 삶은 소와 불가분의 운명을 지녔다. 그는
소의 생태를 바라보며 인간 삶을 이해하며, 소의 아픔을
바라보면서 인간 삶의 비극을 인식한다. 시인에게 소는
세계를 향하여 나가는 통로이다. 다음과 같은 감동적인
시 역시 이러한 관점에서 이해할 수 있다.

우황 든 소는 캄캄한 밤
하얗게 지새며 우엉우엉 운다
이 세상을 아픈 생으로 살아
어둠조차 가눌 힘이 없는 밤
그 울음소리의 소 곁으로 다가가
우황 주머니처럼 매달리어 있는 아버지
죽음에게 들킬 것 훤히 알고도
골수까지 사무친 막부림당한 삶
되새김질하며 우엉우엉 우는 소
저처럼 절벽울음 우는 사람 있다
우황 들게 가슴 치는 사람 있다
코뚜레 꿰고 멍에 씌워 채찍 들고서
막무가내 뜻을 이루려는 자가 많을수록

우황 덩어리 가슴에 품고 사는 사람 많다
우황 주머니 가슴에 없는 사람
우엉우엉 우는 소리 귀담지 못한다
이 세상을 소리내어 우엉우엉 울지 못한다

—「소 3」 전문

　우황이란 소의 쓸개 속에 병으로 뭉친 물건이니 우황
든 소의 고통을 짐작하기란 어렵지 않다. 그런 병을 앓고
있는 소가 잠을 이룰 수 없는 아픔으로 서럽게 우는 것인
데, 이 시에서 말하는 바는 다만 소의 고통이 아니라 아
버지의 비극적인 삶이며 또한 그러한 아버지 삶을 옆에
서 바라보아야 했을 시인 자신의 서러움이다. 결국 "골수
까지 사무친 막부림당한 삶"이란 그들 모두의 공통분모
적인 삶이었을 것이다. 우황의 고통은 "코뚜레 꿰고 멍에
씌워 채찍 들고서／막무가내 뜻을 이루려는 자가 많을수
록" 생겨나는 것이니 이 세상이 모두 순리에 따르는 삶을
지향한다면 아무도 우황과 같은 고통을 겪을 필요가 없
을지 모른다. 그러나 시인은 그러한 아픔을 우리 삶에서
반드시 피해야 할 것으로 인식하지는 않는다. "우황 주머
니 가슴에 없는 사람／우엉우엉 우는 소리 귀담지 못한
다"라는 구절에 이르러 시인이 궁극적으로 말하려는 바

가 무엇인지 알 수 있다. 그는 이 시를 통하여 삶의 질곡이 지니는 의미와 그러한 삶을 통하여 얻게 된 성찰을 이야기한다. 우리네 삶에서 비극이란 존재하기 마련이므로 그 비극을 통해서 얻게 되는 세계 이해의 깊이가 중요하다고 시인은 말한다.

부러지지 않고 찢어지지 않는 어둠속에서
니가 붉은 소금으로 타고 있구나
시뻘겋게 삶의 밑불로 지펴지고 있구나
절망의 거품 물고 발버둥치는 네가
생의 바닥까지 갔다 되돌아오는 비명처럼 우는 때
나는 혼신의 힘으로 너를 도와 일으킨다
그렇게 너도 나를 도와 부끄러운 네 삶을 일으켜 세우는구나
이제 세상을 꿋꿋하게 살아는 보자고

—「쓰러진 소를 일으키며」 부분

최창균 시인이 노래하는 소는 거의 모두가 아버지에게서 얻은 운명적 현실과 이어지는 동시에 자신 삶의 중요한 맥락으로 수용된다. 소가 쓰러졌을 때 그 쓰러짐이 자신의 쓰러짐으로 수용되는 것은 소가 "내 자식, 내 아버

지, 내 삶의 전부"(「쓰러진 소를 일으키며」)이기 때문이다. 이토록 소를 사랑하는 시인이 소의 기질을 닮아가는 것은 당연한 일이다. 어렸을 때부터 시인에게 소와 같은 기질이 있었음을 비극적인 가족사를 가운데 두고 상징적으로 그려내는 작품이 「아버지와 소」이다. 풀을 수없이 되새김질하여 살과 가죽을 만드는 소에 대한 깊은 신뢰와 이해가 시인 스스로 인간과 자연에 대한 애정을 만들어가는 근원적인 동력이 되었을 것이다. 참을성 있고 책임감 있고 정직하며 성실하고 믿음직한 소의 성품이 이번 시집의 시의식 속에 근본적으로 숨어 있는 것이다.

3

이번 시집의 두번째 특징은 식물 친화적인 상상력인데, 2부에 실린 작품들이 주로 그러하고 3부에 실린 작품들 중 일부가 그러하다. 앞서 주요 소재인 소를 이야기하였는데 소야말로 식물 친화적인 동물이다. 소는 고기를 전혀 먹지 않는 초식성 동물이기 때문이다. 세상의 갖가지 풀을 즐겨 먹음으로써 소는 붉디붉은 살을 만들어간다. 소는 풀 속에서 풀과 함께 살다가 최고의 고기를 남기고 가는 동물이다. 이 고기를 노리는 식육수(食肉獸)의 습격이 두려워 많은 양의 풀을 짧은 시간 내에 먹기 위해 반추(反芻)라는 독특한 기능까지 발달시킨, 식물 친화적이고 자기희생적인 삶의 형식을 지닌 동물이 바로 소이다. 시인의 삶 역시 소와 함께하는 것일진대 그 마음이 나무와 풀과 함께하는 것은 당연하다.

    순간 연못에 얼음이 쩌억,
    이제 오래 전 나무에게서 받아두었던
    연못의 물이 나뭇가지의 눈으로 옮겨가는 중이다
    ──「봄나무」 부분

    드디어는 나무도 더는 못 참고
    낭창낭창 제 몸을 구두질하던 속엣말을 꺼내어서는
    빗방울들과 죽이 맞아 물 손뼉 쳐대는 것이라니
    ──「여름나무」 부분

   시인에게 나무는 농경적 삶의 동반자이다. 그는 소를 사랑하듯이 나무를 사랑한다. 그리고 이는 사람 사랑에까지 이어진다. 봄나무든 여름나무든 오동나무든 두릅나무든 간에 그들 나무의 생리 속에는 우주적 원리가 들어 있다. 시인은 나무와 함께 살아가면서 나무에게서 많은 것을 배우며, 인간 삶의 질곡에서 비롯한 상처를 나무로부터 치유받으려 한다. 키 작은 나무와 키 큰 나무가 둔덕 아래를 조금씩 메우면서 서로의 마음을 환하게 이어가듯이 사람들도 그렇게 화해롭게 살아갔으면 좋겠다는 것이 시인의 궁극적인 마음 아니겠는가. 이러한 나무를 나무답게 하는 것은 초록이며 사람을 사람답게 하는 것은 사랑일 것이다.

그렇다면 그 초록은 어디에서 생겨나는가. 초록은 햇볕에서 온다고 시인은 누누이 말한다. 시인은 "내 마음의 화수분 같은 열매들/잘 받아먹은 햇볕으로 울긋불긋해지지요"(「햇볕 환한 집」)라고 말하며 햇볕을 통하여 사랑과 행복을 빚어낸다. 그런데 이 광합성이란 물과 햇빛만으로 유기물을 만들어내는 식물성의 원리가 아니던가. 마치 소가 풀로 살을 만들듯이 말이다.

시인이 지닌 햇빛 친화적인 상상력은 「햇빛에 대하여」「탐스러운 햇빛」 등의 시에 잘 나타나는데, 이는 「공중먼지를 추억한다」라는 작품의 마지막 연인 "공중먼지로 떠돌던 나무와 풀들이/무수히 떨어지면서 날아가면서/파르르 몸 떨며 스스로를 추억하네"라는 표현에서 무수히 많은 햇빛이 존재하는 하늘에 대한 지향성으로까지 이어

진다. 햇빛 친화성은 곧 식물 친화성이다. 시인은 싸리꽃 잎이나 패랭이꽃이 다 하늘에서 온다고 말한다. 이러한 식물 친화적인 세계관은 농경민으로 살아가는 시인이 지니는 당연한 상상력이다. 「자작나무 여자」 역시 나무 사랑과 인간 사랑을 한마음으로 연결시킨 작품이다.

그의 슬픔이 걷는다
슬픔이 아주 긴 종아리의 그,
먼 계곡에서 물 길어올리는지
저물녘 자작나무숲
더욱더 하얘진 종아리 걸어가고 걸어온다
그가 인 물동이 찔끔,
저 엎질러지는 생각이 자욱 종아리 적신다
웃자라는 생각을 다 걷지 못하는
종아리의 슬픔이 너무나 눈부실 때
그도 검은 땅 털썩 주저앉고 싶었을 게다
생의 횃대에 아주 오르고 싶었을 게다
참았던 숲살이 벗어나기 위해
또는 흰 새가 나는 달빛의 길을 걸어는 보려
하얀 침묵의 껍질 한 꺼풀씩 벗기는,
그도 누군가에게 기대어보듯 종아리 올려놓은 밤

거기 외려 잠들지 못하는 어둠
그의 종아리께 환하게 먹기름으로 탄다
그래, 그래
백년 자작나무숲에 살자
백년 자작나무숲에 살자
종아리가 슬픈 여자,
그 흰 종아리의 슬픔이 다시 길게 걷는다

—「자작나무 여자」 전문

  자작나무를 종아리가 하얀 여인에 비유하고 있는 이
시에는 식물적 원리와 삶의 원리를 일원론적으로 파악하
려는 화해로운 세계관이 들어 있다. 자작나무는 나무껍
질이 희고 얇게 벗겨지기 때문에 백화(白樺)라고 불린다.
자작나무의 종아리에 대한 이 시의 형상화는 백화의 이
러한 생태적 특징에서 비롯된 것이다. 중요한 것은 자작
나무가 지닌 "웃자라는 생각"과 그 생각으로 인하여 생긴
"종아리의 슬픔"을 보았다는 점이다. 그리고 시인이 "검
은 땅 털썩 주저앉고 싶"은 자작나무의 내면을 읽었다는
점이다. "백년 자작나무숲에 살자 / 백년 자작나무숲에 살
자"라는 간절한 영탄으로 어둠조차 오히려 잠들지 못하
는 그 슬픔을 환기시키는 공간인 자작나무숲은 시인의

영혼이 깃든 식물성 꿈의 결정체이다.

4

  최창균 시인의 시에는 화려한 수사가 드물다. 자연물을 소재로 한 은유와 직유 역시 더없이 소박하여 독자들은 그것이 수사인지도 모르고 자연스럽게 넘어간다. 그 스스로 세속의 화려한 옷을 모두 다 벗어던지고 맨살의 정신으로 이 세계와 맞부딪치고 있기 때문에 나타난 현상이다. 위선과 가식이 보편화하고 있는 자본주의적 삶의 양식 속에서 자신을 솔직하게 드러내 보이는 일은 쉽지 않다. 특히 도시적 생활에서는 더욱 그러하다. 시인이 이만큼 맨몸으로 이 세계를 맞이하려는 것이 눈물겹게 느껴지는 이유는 이 세계를 사는 사람 대부분이 그러한 자연적인 삶에 대한 의식조차 잊고 있기 때문이다. 그는 맨발로 이 세계의 상처를 보듬고 그것을 위무하려 든다. 그것이 일견 무모해 보일지 모르나 모름지기 시를 쓰는 사람의 삶이란 근본적으로 이래야 하는 것 아니겠는가.

  내 부러진 발목의 지팡이를 붙들고

끝까지 놓아주지 않으려는 봄날
이내 대지의 마음을 알았어요
앓던 이를 뽑아놓은 것처럼
말랑말랑한 흙 위로 걸어나오는 돌들의 신음소리
제 자리에 돌려놓는 것이 얼마나 아픈 길인지
이제 맨발의 흙길 서럽도록 걸어는 봐요
　　　　　　　　　　　　　—「맨발의 흙길을 걸어요」 부분

시인은 대지의 목소리를 듣고자, 온몸으로 그것을 맞
이하고자 발을 벗었다. 맨발의 흙길은 우주의 변화를 실
감하는 길인 동시에 이 세상과 대지의 아픔을 위무하는
길이며 또한 서러운 자신의 삶을 스스로 객관화하여 인
식할 수 있는 길이다. 그러므로 시인은 이 흙길을 맨발로
걸어 돌들의 신음소리를 들으며 대지의 마음을 이해하게
된다. 맨발이 이 시집에서 소, 초록, 햇빛 등과 더불어 하
나의 상징을 이룰 수 있었던 것은 이 때문이다.

드디어 진흙발자국이 꽝꽝 얼어붙었다
진흙이 입 벌려 발자국 꽉 물고 있는 것처럼
나는 아픈 발자국 진흙에 남겨놓고 걸어나왔다
돌이켜보니 나는 저 족적으로

부단히도 삶을 뒷걸음질쳐왔다
지난봄 밭에다 씨앗 심을 때
논배미 모 꽂을 때 모두 뒷걸음질쳐야 했으니
초록을 앞세운 것이 아니라
초록이 내 발자국 따라왔던 것이었으니
저 꽝꽝 언 진흙발자국은 초록 데리고
봄으로의 진흙 속으로 뒷걸음질치고 있으리라
그때마다 나는 밭이나 논배미에 나가
초록 잃어버린 나를 다시 찾아놓곤 했었다
그렇게 입 딱 벌린 언 진흙발자국에다
내 아픈 발을 슬그머니 디밀어보았던 것,
진흙의 슬픈 국자처럼
내 꽝꽝 언 진흙발자국은
지금 초록을 떠내고 있는 중이다

—「진흙발자국」 전문

꽝꽝 언 진흙발자국 속에는 무한한 생명력이 숨어 있다. 그 속에는 무진장의 창조력을 지닌 생산의 원천인 흙과, 잠재적인 가능성에 새 생명을 불어넣는 물이 들어 있다. 진흙이 물의 가루라는 바슐라르의 말을 인용하지 않더라도 진흙 속에 물의 원리가 숨어 있는 것은 당연하다.

잠시 이 둘이 생명의 동력을 멈춘 것이 얼어붙은 진흙발자국이다. 이것은 녹는 순간 다시금 원래적인 생명력을 획득하게 된다. 시인은 언 진흙이 지닌 생명력의 가능성에 주목하였다. 꽝꽝 언 진흙발자국이 초록을 데리고 봄의 대지 속으로 뒷걸음치고 있다는 진술은 이래서 가능하다. 또한 이 시에는 앞으로만 전진하는 속도의 시대를 거역하고 천천히 뒤로 걸어가면서 모를 심고 곡식을 생산하는 농경적 삶의 원리에 대한 믿음이 들어 있다. 초록을 앞세워서 초록을 생산하는 것이 아니라, 초록으로 하여금 내 발자국을 따라오게 할 때 진정으로 초록의 향연은 펼쳐질 수 있다. 시인이 얼어붙은 논에 나가서도 잃어버린 초록을 되찾는다고 할 때, 이는 자연의 순환 질서에 대한 신뢰를 통하여 얻어진 기다림의 태도를 말하는 것이리라. 그러한 기다림의 시간 이후에 이루어지는 초록의 꿈이야말로 진흙발자국의 진정한 의미를 각인해주리라. 한겨울 내내 얼어 있든 아니면 봄 햇살 아래 질퍽하게 녹아 있든 간에, 초록을 떠내는 진흙발자국, 이것은 최창균 시인의 삶과 문학의 쩡한 상징이 되리라.

인간 삶과 함께 하는 소, 백년을 넘게 산 자작나무, 초록을 떠내는 진흙발자국 등에서 보이는 풋풋한 상징들로 이루어진 시인의 처녀 시집은 이른 아침 군불로 끓여낸

쇠죽의 걸쭉한 향기를 내뿜는다. "맨땅에 녹색이나 초록이 번지는 힘"(「시인의 말」)으로 오랜 세월 천신만고 끝에 지어낸 집 한채를 이루었기 때문이다. 시인은 "먼지 나는 이 땅에 내 마음의 녹색이나 초록을 심는다는 생각"(같은 글)으로 시를 쓰겠다고 다짐하였다. 아무리 돌을 골라내어도 끊임없이 '돌의 알'을 낳는 밭처럼 그의 시밭에도 '초록을 떠내는 진흙발자국'마다에 짙푸른 '시의 알'이 영원히 무성해질 수 있기를 바라마지 않는다. 시인 역시 "남아 있는 몇분을 네 다리로 밟고/다시 내일로 이동해가는"(「소 1」) 느리나 씩씩한 소걸음으로 새로운 시의 세계로 나아가리라 기대해본다.

金鍾泰 | 시인

■

시인의 말

내 나이 열한살 때 아버지로부터 선물받은 지게, 그 지
게가 좋아서 나는 무슨 훈장처럼 지고 다니다가 지금껏 그
지게를 벗지 못한 농부가 되었습니다. 흙냄새 쇠똥냄새
풀냄새 나무냄새의 힘을 믿는 나, 맨땅에 녹색이나 초록이
번지는 힘을 믿는 나, 거기 세상의 아우성이 들리지 않나
요. 그 조용한 아우성은 언제나 내 삶의 노래였습니다.

밭에서 돌을 골라내어도 뒤돌아보면 돌의 알을 낳는
밭을 봅니다. 풀을 뽑아내어도 내 꽁무니 바짝 따라붙는
풀들 봅니다. 삶이 고단하지요. 소의 하루처럼 사는 일이
고단하지요. 하지만 나는 고단하다는 생각이 들 때 내 시
업(詩業)을 게을리하지 않았습니다. 먼지 나는 이 땅에 내
마음의 녹색이나 초록을 심는다는 생각으로요.

아주 느리게 여기까지 왔습니다. 앞으로 멀고 먼, 갈
길이 더더욱 두려운 풀밭에 갓 태어난 송아지처럼요. 내

나이 열한살 때처럼 이제 시업을 다시 부지런히 지고 가 겠습니다.

2004년 6월
최창균

창비시선 236

백년 자작나무숲에 살자

초판 발행/2004년 7월 5일

지은이/최창균
펴낸이/고세현
편집/고형렬 김정혜 문경미 안병률 김현숙
미술·조판/정효진 신혜원 한충현
펴낸곳/(주)창비
등록/1986년 8월 5일 제85호
주소/경기도 파주시 교하읍 문발리 파주출판도시 42블록 5
　　　우편번호 413-832
전화/031-955-3333
팩시밀리/영업 031-955-3399 · 편집 031-955-3400
홈페이지/www.changbi.com
전자우편/literat@changbi.com